KB096664

아저씨의 출근길

아저씨의 출근길

최연우 글 | 그림

BOOKK

차례

까치 가족의 경사

오늘은 가을 햇살이 화창하게 쏟아지는 일요일.

우리 집에 경사가 났어요. 경사도 큰 경사죠. 아래층에 살던 가족이 이사 갔거든요. 그게 무슨 경사냐고요? 하하하. 웃음이 멈추질 않네요. 죄송합니다. 그게 말이죠, 잘 들어보세요.

음, 우리 가족과 아래층 가족은 오랫동안 소리 없는 전쟁을 해왔어요. 우리 가족들 때문에, 특히 개구쟁이 쌍둥이들 때문에 아래층 아주머니께서 하루가 멀다고 쫓아 올라오셨지요. 쌍둥이들은 혼날 때 잠시 주춤할 뿐 눈치도 없이 열심히 뛰어놀았어요.

"아이 정말! 저 아이들을 묶어 둘 수도 없고, 이사를 할 수

도 없고, 아래층에는 면목이 없으니 어쩌면 좋아요, 여보!"

엄마는 아빠를 보며 울상이 되곤 하셨어요. 아주머니가 올라오셔서 큰소리를 치실 때마다 엄마는 죄송하다는 말만 반복하셨어요. 엄마는 두꺼운 소음방지용 매트를 사다가 방이며 마루 바닥에 다 깔아놓으셨어요. 엄마는 아래층 가족에게 죄송한 마음이지만 한편으로는 너무 예민하다고 신세 한탄을 하셨어요.

"여보, 쌍둥이들이 집에 있을 때는 제가 이해를 해요. 하지만 애들이 없는 낮에도 아주머니가 쫓아 올라오세요. 내 발걸음 소리가 신경 쓰인다는 거예요. 슬리퍼가 바닥에 스치는 소리도 참을 수 없고, 의자 끄는 소리는 소름 끼치고, 우리 집 세탁기 돌아가는 소리는 유난히 크다면서요. 우리도 위층의 웬만한 소음은 감수하면서 사는데 이건 너무한 거 같아요!"

엄마는 늘 이 문제로 골머리를 앓으셨어요. 처음엔 엄마도 그저 사과만 하셨지만, 나중에는 소리 없는 전쟁이 시끄러운 전쟁으로 발전하고 말았어요. 그렇게 된 사건이 있었죠. 다시 떠올리고 싶진 않지만 말씀드릴게요. 언젠가 엘리베이터에서 아래층 아주머니를 만났어요. 내가 8층을 누르자 아주머니가 다짜고짜 소리를 지르시는 거예요.

"오호라, 너로구나. 그렇게 뛰는 녀석이. 마라톤 선수라도 하려는 거냐? 도대체 말을 들어야 말이지!"

나는 아주머니가 너무 무서워서 고개를 푹 숙이고 아무 말도 하지 못했어요. 아주머니는 저를 한번 노려보고 7층에서 쌩하니 내리셨지요. 나는 손발이 덜덜 떨려서 집에 들어오자마자 쌍둥이들에게 뛰지 말라고 소리를 지르고 엉엉 울었어요. 깜짝 놀란 엄마도 엘리베이터에서의 사건을 알게 되셨고, 그 뒤로 소리 없는 전쟁이 시끄러운 전쟁으로 바뀌었지요. 아빠는 아주머니께 '아이에게 겁을 준 건 정말 잘못이다. 다신 그런 일이 없길 바란다. 우리도 더 조심하겠다'고 하셨다면서 저를 위로해 주셨어요. 그러고는 특단의 조치를 내리셨죠.

"오늘부터 실내에서는 가족 모두 실내화를 신는다. 그리고 8시 이후는 까치발로 다닌다! 쌍둥이들은 저녁 9시가 되면 무조건 침대에 누워야 해. 알겠지?"

　그 뒤로 우리 가족은 까치가 되었어요. 정말로 동생들은 저녁 9시가 되면 굼벵이처럼 침대에 누웠어요. 발은 사용할 수 없었어요. 잠자리에 누웠다가 책꽂이까지 갈 때는 굴러다녔죠. 다행히 쌍둥이들은 그 상황조차 즐기는 듯했어요. 그렇게 오랫동안 우리는 조용한 가족이 되기 위해 최선을 다했어요. 그 와중에도 아주머니는 두어 번 올라오셨지요. 어떤 때는 우리 집이 까치가 살고 있는 새장 같기도 했어요. 불쌍한 동생 까치들은 혼나는 일이 더 잦아졌고, 엄마 까치와 아빠 까치가 다투는 일도 많아졌어요. 하나 좋아진 건 소음방지용 매트를 이중으로 깔아서 어디든 눕기만 하면 포근한 침대가 된다는 거였죠. 좋아진 거 맞나요?

　그러던 그 가족이 드디어 이사를 간다는 거예요! 더 예민한 가족이 이사 오면 어쩌냐고요? 엄마는 그럴 가능성은 거의 없을 거라고 하셨어요. 쌍둥이도 문제지만 엄마의 발자국이나 생활 소음까지 불평할 사람은 드물 거라고 말이에요. 저도 그 말에 희망을 걸었어요. 사실 저는 엘리베이터 사건 이후로 또 아주머니를 만날까 봐 무척 겁이 났었거든요. 엘리베이터 공포증이 생긴 것 같았어요. 거기서 해방된다니! 생각만으로도 홀가분했어요. 불쌍한 동생 까치들은 이 사실도 모른 채 지금도 뒤꿈치를 들고 다녀요. 하지만 엄마는 쌍둥이들에게는 얘기하지 말라고 하셨어요. 동생들은 계속 조심할 필요가 있다고 하시면서요.

엄마와 나는 발코니에서 이삿짐 차가 덜커덩거리며 정문을 벗어나는 걸 지켜보며 희망의 미소를 지었어요. 여전히 까치발을 한 채로요. 습관이 정말 무섭다니까요!

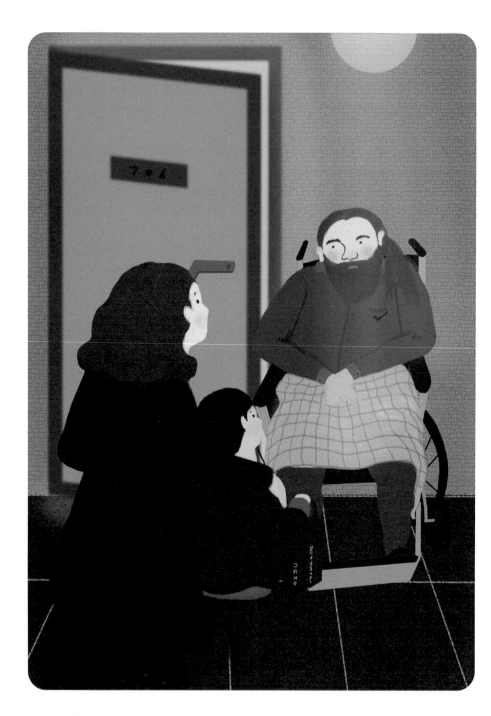

새 이웃

두구두구두구.

오후 네 시쯤 되자 드디어 아래층 발코니에 사다리차가 설치되었어요. 엄마와 나는 누가 이사 올까 궁금해 창밖을 내다보고 있었어요. 그때 까치가 깍깍 울며 우리 앞을 스쳐 날아갔어요. 순간 엄마와 저의 눈이 마주쳤고 우리는 동시에 서로의 까치발을 내려다보고는 배꼽을 잡고 깔깔댔어요.

"까치가 우는 걸 보니 좋은 이웃이 오려나 보다. 엄마가 어렸을 적에 외할머니께서 까치가 울면 좋은 손님이 온다고 하셨거든."

나는 기대감이 껑충 뛰어오르는 것을 느꼈어요.

저녁 일곱 시쯤 되자 밖이 제법 어두워졌고 아파트엔 노오란 가로등이 켜졌어요. 이삿짐 차가 빨간 브레이크 등의 불빛을 뿌리며 우리 단지를 조심스레 빠져나갔어요. 일요일인데도 일을 하러 가신 아빠는 아직 집에 돌아오지 않으셨어요. 하지만 엄마는 아래층에 이사 온 가족에게 인사를 하러 가자고 하셨어요. 혹여나 그전의 악몽이 또다시 시작되지는 않을까 걱정하시는 눈치였어요. 조금이라도 빨리 아래층 이웃이 어떤 분들인지 알고 싶으셨겠죠. 실은 저도 그랬어요.

엄마와 나는 아파트 앞 제과점에서 롤케이크 한 줄을 샀어요. 한 줄을 더 사서 집에도 가져가면 얼마나 좋을까요? 하지만 조르지 않았어요. 그래서 엄마는 나에게 의젓하다고 하시지만, 사실 의젓하기란 그렇게 쉽지만은 않답니다. 특히 음식 앞에서는 더더욱이요. 하하.

쌀쌀하고 푸르스름한 저녁 공기 속을 걸어 아파트 단지에 들어섰어요. 올려다보니 우리 집 아래층에도 희미하게 불이 켜져 있었어요. 우리는 새 이웃의 현관문 앞에 서서 초인종을 눌렀어요. 한참이 지나도 인기척이 없어 초인종을 한 번 더 누르려 할 때, 드디어 인터폰을 통해 소리가 들려왔어요.

"누구세요?"

굵직하고 차분한 목소리의 남자였어요.

"안녕하세요? 위층에 사는 사람인데요, 인사드리러 왔습니다."

조금 더 기다리니 문이 열렸는데, 어깨까지 내려오는 긴 머리를 하나로 묶고 턱수염을 덥수룩하게 기른 남자가 휠체어에 앉아 있었어요. 집은 어두웠어요. 거실의 전등은 꺼져있었고 희미한 불빛이 부엌 쪽에서 간신히 새어 나오고 있었어요. 조용한 것으로 보아 혼자 계신 듯했어요.

"아…… 저, 안녕하세요, 저희는 위층에 사는데요. 어린아이들이 있어 혹시 소음 때문에 폐를 끼칠까 봐 미리 양해를 구하려고 왔어요. 최대한 조심 시키겠습니다."

"아이들이 몇 시에 자죠?"

아저씨는 표정 없는 얼굴로 긴 수염을 쓸어내리며 물으셨어요.

"아홉 시? 아니 열 시쯤이요……."

엄마가 조심조심 더듬거리자, 나도 덩달아 기가 죽었지요.

"밤 12시 이후에 조심하시면 됩니다."

아저씨는 이번에도 표정 없이 입술만 움직이셨어요. 엄마는 어색한 표정으로 감사하다며 롤케이크를 건네드렸어요. 나는 엄마 옆에 서서 괜히 짧아진 외투의 양쪽 소매를 잡아늘이며 서 있었어요. 아저씨는 나를 곁눈질로 보시더니 말씀하셨어요.

"아이들 주세요."

엄마는 더 이상 권하지 않고, 급히 인사를 한 후 문을 닫으셨어요. 아저씨가 케이크를 먹고 싶은 내 마음을 읽으셨던 걸까요? 케이크를 먹게 된 건 좋았지만, 엘리베이터 공포증에서 해방될 수 있을지는 의문이었어요. 엄마와 나는 아무 말 없이 집으로 돌아왔어요.

두 번째 만남 — '쓸쓸한 퍼레이드'

날씨는 더 쌀쌀해졌지만, 11월의 낙엽은 정말 예뻤어요. 단풍잎이 노랗게 보도블록을 덮었고, 도로에선 차들이 쌩하고 지나가면 마른 낙엽들이 달리기 경주라도 하는 듯 신나게 굴러다녔어요. 아저씨를 두 번째 만난 건 한 달쯤 지난 어느 오후였어요.

학교가 끝나자, 나는 학원에 가는 친구들과 헤어져 동생들을 데리러 가고 있었어요. 엄마는 며칠 전부터 일주일에 세 번 마트에 일을 하러 가셨어요. 그런 날은 엄마 대신 쌍둥이들을 어린이집에서 데리고 와야 했어요. 엄마는 내게 쌍둥이를 부탁하시고는 첫 월급으로 새 점퍼를 사주신다고 하셨지요. 하지만 친구들과 더 놀고 싶었고, 학원 가는 친구들이 부러웠어요. 그리고 무엇보다도 엄마가 집에서 기다려 주시던 날이 그리웠어요. 특히 요즘은 동생들을 데리러 가는 길이 더 외롭고 때론 화가 났어요. 외톨이가 되어 가는 느낌이 싫었어요. 5학년 2학기가 되면서부터 친구들이 부쩍 학원에 다니기 시작하고, 쌍둥이들을 돌보면서 그나마 같이 놀던 친구들과도 만날 수 없게 되었거든요. 이런 느낌…… 가을 탄다고 하는 건가요?

나는 횡단보도에서 신호등이 초록색으로 바뀌길 기다리면서 낙엽들의 달리기 경주를 구경하고 있었어요.

"뭘 그렇게 뚫어지게 보는 거냐?"

깜짝 놀라 고개를 돌려보니 아래층 아저씨였어요. 어둠 속에서 딱 한 번 뵈었지만 단박에 알아봤죠. 덥수룩한 수염에 긴 머리를 질끈 묶고 휠체어를 탄 사람은 흔치 않으니까요. 휠체어 손잡이에 쓰레기봉투를 걸고 기다란 집게로 쓰레기를 집어 올리며 아저씨가 말씀하셨어요.

"동생들 데리러 가는 거냐?"

"아, 네……, 어떻게 아세요?"

"그야 봤으니까 알지, 내가 이 근방 청소 담당이거든. 몇 번 봤다."

이웃이지만 잘 모르는 사람이 나를 지켜보고 있었다는 게 무서웠어요. 때마침 신호등에 초록 불이 들어오자, 나는 횡단보도를 가로질러 전속력으로 달렸어요. 헉헉거리며 뒤를 돌아보니 아저씨는 어느새 보이지 않았어요.

나날이 날씨는 쌀쌀해졌고 단풍은 더욱 아름다워졌어요. 콧물을 훌쩍거리는 쌍둥이들을 데리고 집으로 가는 길은 어찌된 일인지 갈수록 외로워져 갔어요. 고개를 땅에 박고 천천히 걸어 어린이집에 도착했는데, 막내가 낮잠이 덜 깨서는 엄마를 찾으며 울었어요. 엉엉 우는 막내를 달래보았지만 끝내 낙엽이 뒹구는 바닥에 누워서 자지러졌어요. 나는 창피하고 어찌해야 할지 몰라 달랬다가 화를 냈다가 허둥지둥했어요.

"아가, 이거 한번 타볼래?"

고개를 들어보니 휠체어를 탄 아저씨가 보였어요. 막내는 호기심 어린 눈으로 휠체어를 쳐다보며 울음을 딱 멈추었어요. 아저씨는 무릎을 탁탁 치시며 막내를 앉혀달라고 눈짓하셨어요. 막내는 눈물 콧물 범벅이 된 채 아저씨 무릎에 앉아 휠체어 바퀴가 굴러가는 것을 신기하게 쳐다봤어요. 나는 좀 전에 도망친 게 쑥스러워서 말없이 걷기만 했어요.

"나도 퇴근이다, 집으로 가자."

빨강 노랑 마른 낙엽이 작은 회오리바람을 타고 빙글빙글 돌면서 다가오더니 우리 머리 위에 흩뿌려졌어요. 마치 축제 퍼레이드 행렬 속에 있는 것 같았어요. 쌍둥이들이 신나서 소리를 질렀어요. 화려한 축제 속에서 나처럼 울적한 사람도 있을까요?

우리는 엘리베이터를 타고 올라갔어요. 아저씨는 7층에서 내리시며 말씀하셨어요.

"심심하면 놀러 와, 우리 집에 책 많다. 다음 주부터는 언제라도 좋아!"

"감사합니다……."

나는 막내에게 꿀밤을 먹이고 싶었지만, 또 엄마를 찾으면서 울까 봐 꾹 참았어요. 그러고는 엄마가 가르쳐 주신 대로 조심스럽게 가스 불을 켜고 달걀부침을 해서 동생들과 밥을 먹었어요.

세 번째 만남 – '꿩 대신 닭'

　오늘은 엄마가 집에 계시는 날이에요. 학교 끝나고 친구들과 놀다 갈 수 있는 날이죠. 야호! 엄마가 계신 날은 현관문 밖으로 노오란 불빛이 환하게 흘러넘치고, 맛있는 음식 냄새가 나를 반겨줘요. 아침에 눈을 뜨는 순간부터 미소가 지어져요. 어떤 날은 전날 웃으면서 침대에 누워요. 좀 바보 같죠? 하하.

　학교를 마치고 친구들과 운동장에서 축구를 했어요. 조금 놀다가 친구들이 하나둘 학원에 간다며 가버렸어요. 오늘은 쌍둥이들을 보살피지 않아도 되고 실컷 놀아도 되는 날인데…… 게다가 몸도 가벼워 단숨에 몇 골 넣을 수 있을 것 같은데 친구들이 없네요.

이제 단풍도 다 지고 낙엽은 메말라 서걱서걱 소리를 내며 발밑에서 바스러졌어요. 터벅터벅 걸어 집으로 가는데 아래층 아저씨가 무릎 위에 사과 한 봉지를 올려놓고 휠체어를 밀고 오시는 게 보였어요. 신호등이 초록색으로 바뀌자, 아저씨는 휠체어를 더 힘차게 구르셨어요. 그때 휠체어가 돌부리에 덜컹하더니 봉지가 쓰러지고 사과들이 사방으로 데굴데굴 굴러갔어요. 아저씨는 당황하신 듯했어요. 나는 얼른

달려가 사과를 주워 담았어요. 아저씨는 머쓱한 표정으로 쌍둥이를 데리러 가냐고 물으셨어요.

"아니요. 오늘은 놀아도 되는 날인데, 친구들이 모두 학원에 갔어요. 그래서 그냥 집에 가는 거예요."

며칠 전 쌍둥이를 데리고 갈 때 아저씨의 도움을 받아서 인지 오늘은 아저씨가 무섭지 않았어요. 오히려 도와드릴 수 있어서 뿌듯했어요. 문득 아저씨 덕분에 우리 가족이 까치발에서 해방되었다는 사실도 떠올랐고요. 나는 아저씨와 함께 엘리베이터를 탔어요. 그 순간 알게 되었어요. 내가 엘리베이터 공포증에서 해방되었다는걸……

"놀고 싶으면 부모님께 허락받고 놀러 와라."

아저씨랑 뭘 하며 놀 수 있을지는 좀처럼 떠오르지 않지만, 어차피 친구도 없는데 그냥 한번 놀러 가볼까 하는 생각이 들었어요. 그 순간 오늘 국어 시간에 배운 속담이 머릿속에 떠올랐어요. '꿩 대신 닭'. 갑자기 새어 나오는 웃음을 참으며 속으로 중얼거렸어요. '죄송합니다, 아저씨. 하지만 웃음이…… 큭큭큭.'

"오늘은 일 안 하세요?"

"공공 근로로 청소 일을 잠시 했었는데, 오늘이 마지막이었어. 남는 게 시간이다! 아까는 고마웠다."

나는 엘리베이터의 8층 버튼을 눌러 취소시키고, 7층에서
아저씨와 함께 내렸어요.

"오늘은 더 놀다 가도 돼요."

아저씨는 나의 예상치 못한 행동에도 무덤덤하셨어요. 나
는 이상하게도 이 무뚝뚝함이 편안하고 좋았어요.

친구가 되다

아저씨 댁에서는 의외로 향기로운 냄새가 났어요. 은은한 꽃향기나 화장품 향기 같았죠. 아주머니가 계시진 않을까 잠깐 생각했지만, 아니란 걸 곧 알게 되었죠. 아저씨는 현관에서 휠체어에서 내려 목발을 짚고 위태위태하게 걸어가셨어요. 오른쪽 발을 겨우 바닥에 살짝살짝 짚을 수 있을 정도였어요. 도와드리려고 엉거주춤 다가서자, 아저씨가 말씀하셨어요.

"도와달라고 하면 그때 도와주면 돼. 그게 서로 편해. 들어와."

나는 사과 봉지를 들고 부스럭거리며 거실로 들어섰어요. 발코니 창을 통해 햇빛이 부서져 들어왔고 집안은 따뜻했어요. 첫 만남에서 보았던 집과는 무언가 다른 느낌이었어요. 아직 짐 정리가 덜 되었지만 깨끗했어요. 나는 식탁 위에 사과를 올려놓으며 향기가 어디서 나는지 알아차렸어요. 식탁 위에는 작은 초가 놓여 있었는데 좋은 향기가 났어요.

"앉아라. 우리 어머니가 향초 피우는 걸 좋아하셨지."

아저씨와 어울리지 않는 물건 같았지만, 예쁜 향기를 좋아하신다니 아저씨가 더 친근하게 느껴졌어요. 거실 한쪽에는 아직 정리되지 못한 책 꾸러미들이 가지런히 놓여 있었고, 살짝 열린 방문 안쪽에는 책으로 빼곡히 채워진 책장이 보였어요.

"오래되긴 했지만 네가 읽을 만한 것들도 있단다. 원하면 빌려주마. 도서관처럼 아무 때나 와서 읽어도 되고……."

아저씨는 식탁에 앉아 울퉁불퉁하고 큰 손으로 사과를 깎으시며 말씀하셨어요.

"손님이 왔으니, 음악도 틀어야겠다. 저 버튼 좀 눌러줄래?"

아저씨는 거실 책장에 놓인 라디오를 턱으로 가리키셨어요. 버튼을 누르자 잔잔한 피아노 음악이 흘러나왔어요. 이 집안의 햇살, 향기, 책들과 잘 어울리는 음악이었어요. 책장 위 액자에는 부모님과 두 남자아이가 활짝 웃는 사진이 담겨 있었어요. 흑백인 데다가 빛이 바랜 걸 보니 오래된 것 같았어요.

"우리 가족이란다."

나는 건강하게 두 다리로 서 있는 아이들과 아저씨를 번갈아 보았어요.

"그 사진을 보면 사람들이 다 너처럼 굴더구나. 그냥 편하게 물어봐도 돼. 이젠 괜찮아졌다. 물어보고 싶은 거 다 물어봐라."

"음……, 아저씨는 왜 다리를 다치셨어요?"

"사고였지. 부모님이랑 한 살 터울인 동생 그리고 나, 이렇게 네 식구가 나들이를 갔다가 교통사고가 났어. 모두 하늘나라로 갔고 나는 살아남았지만 다리가 이렇게 되었다. 내가 너만 할 때였지. 넌 몇 학년이냐? 나는 그때 오 학년이었다."

"아, 저도 오 학년이에요."

"나는 보육원에서 자랐어. 성인이 된 후 보육원을 나와서 지금까지 혼자 살았다. 하하하. 내가 사람을 오랜만에 만나서 말을 많이 하는구나. 이리 와서 사과 먹어라. 이것 봐라. 이렇게 긴 사과 껍질 봤냐? 한 번도 안 끊겼어!"

아저씨는 진심으로 흥분해서 처음으로 이빨을 보이며 환하게 웃으셨어요.

나는 엄지척을 해드렸죠. 그리고는 또 물었어요.

"아저씨 집에는 책이 왜 이렇게 많아요?"

"멀쩡하던 몸에 갑자기 장애가 생기니까 견딜 수 없이 속
상했지. 아프기도 했지만 그건 둘째였다. 놀림감 되는 것도
싫고 몸이 내 맘대로 움직여지지 않는 것도 싫어서 아주 오
랫동안 사람을 안 만났어. 그러니 심심하더구나. 그래서 책을

읽게 되었지. 초등학교도 다 못 다녔단다. 눈이나 비가 오면 못 가고, 놀림당하는 게 싫어서 안 가고, 아파서 못 가고…… 그러다 보니 그렇게 됐다. 엄마 생각나서 엄마가 좋아하던 피아노 음악 듣고, 책 읽고, 먹고, 자고, 울고…… 그게 내 일상의 전부였지. 보육원을 나와서도 배운 건 없고, 몸이 이러니 일할 곳이 있어야지. 그저 책 모으는 게 낙이었어. 내가 보육원에 들어가서 읽던 책부터 모조리 모아 놓았지. 보물 1호다. 전 재산이기도 하고……. 하하하.”

나는 아저씨 웃음이 끝나기도 전에 또 물었어요.

“아저씨는 머리가 왜 그렇게 길어요?”

“진짜 궁금한 게 많았구나. 만사가 귀찮고 사람 만나는 게 싫어서 집에서만 지내다 보니 이렇게 되었지 뭐냐. 이발 안 해도 되니 편하고 좋아. 이상하냐?”

“처음에는 좀 이상했는데, 지금 보니까 잘 어울리시는 것 같아요. 이름은 생각 안 나는데 텔레비전에서 봤던 가수 같아요. 아빠가 좋아하는 가수였는데……."

나는 아저씨가 친근하게 느껴져서 또 엄지척을 해드렸어요. 아저씨는 좀 전에 기다란 사과 껍질을 보여주실 때보다 더 기쁜 얼굴로 눈을 찡끗하셨어요.

"수염은 왜 그렇게 또 길어요?"

"아유, 이것도 귀찮아서 이렇게 됐다. 됐냐?"

"아저씨는 몇 살이세요? 결혼은 하셨어요?"

쉴 틈 없이 쏟아지는 질문에 아저씨는 차례대로 열심히 답해주셨어요. 나는 아저씨가 더 좋아졌어요.

"난 5학년 2반이다. 너랑 같은 5학년. 그러니까 우리는 이제 친구다. 정말 이게 얼마 만에 생긴 친구냐. 하하하."

"네? 말도 안 돼요! 60살은 되어 보이시는 걸요"

"아이고, 이 녀석! 60살이라니? 52살이란 말이다. 결혼은 네 예상대로 눈이 너무 높아서 못 했고."

나는 깔깔 웃으며 이번에도 엄지척을 해드렸어요. 아저씨가 해주시는 얘기도 재미있었지만, 무엇보다도 친구라는 말이 좋았어요.

"어린애랑 어떻게 친구가 돼요? 나이도 엄청 많이 차이 나잖아요. 몇 번 만난 적도 없는데요?"

"마음만 맞으면 친구지. 그리고 우리가 몇 번 안 만났다고? 나는 너를 많이 만났다. 너는 몰랐겠지만, 청소 일을 하면서 자주 봤지. 그리고 네 나이쯤에 나는 도서관 사서 선생님이랑 친구였다. 내가 도서관에 가면 업어서 계단을 오르내려 주셨지. 아무 말 없이 그냥 같이 앉아있어 주시거나 어깨를 한 번씩 두드려 주셨어. 그분이 좋았다."

"아저씨는 왜 저랑 친구가 되고 싶으세요?"

"옛날에 사서 선생님이 내게 그랬듯이 애늙은이 같은 너랑 그냥 같이 앉아있어 주거나 어깨 한 번씩 두드려 주고 싶었다. 나처럼 철이 일찍 든 것 같기도 하고…… 괜히 정이 간다고 할까?"

나는 아저씨가 원래 무서웠다고 말하려다가 그만두었어요. 나도 지금은 아저씨가 좋아졌으니까요.

여섯 시쯤 되자 날이 조금 어둑어둑해지고 식탁 위 촛불은 더 밝아졌어요. 나는 그 노란빛 가루들이 저녁 무렵의 우리 집 불빛을 닮았다고 생각했어요.

"늦었는데 다음 질문은 나중에 하고 이젠 가거라. 엄마 걱정하신다."

아저씨는 내게 책을 빌려주셨어요. 제목은 '돈키호테'.

"나는 언제부턴가 돈키호테처럼 살고 싶더구나. 그게 누군지 궁금하지? 한번 읽어보렴. 내가 문학, 사회, 역사 웬만

한 건 다 좋아하니 친구들 학원 갈 때 와도 좋아. 초등학교도 못 나왔지만 좋아하는 건 잘하는 법이란다."

"네. 우리 가족을 까치발에서 해방해 주셔서 감사해요. 엘리베이터 공포증에서 해방해 주신 것도요."

"그건 무슨 소리냐?"

"그건 다음에 말씀드릴게요. 안녕히 계세요. 친구님."

이번엔 아저씨가 엄지척을 해주셨어요.

아빠의 외투

집에 돌아가니 엄마가 저녁 준비를 하고 계셨어요.

"오늘은 좀 늦었구나. 어디 갔다 왔니?"

"아래층 아저씨랑 놀다 왔어요."

"뭐? 그 아저씨랑 놀았다고? 놀 수가 있어? 그분이랑? 그리고 엄마한테 허락도 안 받고……."

엄마는 첫 만남 때의 아저씨를 떠올리시는 것 같았어요.

"다음엔 꼭 허락받을게요, 엄마. 죄송해요. 그런데 아저씨랑 저, 친구가 됐어요. 아저씨가 책도 빌려주셨고요. 공부도 가르쳐 주신대요. 제가 학원에 가고 싶은 걸 어떻게 아셨을까요? 생각보다 재미있으세요. 윙크도 잘하시고, 엄지척도 잘하세요. 우리 친구 하기로 했어요. 까치발 해방도 감사하다고 말씀드렸어요. 무슨 말인지 못 알아들으셨지만요……."

나는 숨도 안 쉬고 이야기했어요.

"하긴, 여태껏 쌍둥이들이 뛰어도 다 이해하시는 걸 보면 너그러우신 것 같아. 그런데 첫날 뵈었을 때는 좀 무섭던데, 낯가림이 있으신 건가?"

저녁 시간에 맞춰 아빠가 돌아오셨어요. 우리 아빠는 근처 공단에 있는 타이어 부품 공장에서 일을 하세요. 야근도 많이 하시지만 요즘은 일찍 오시는 편이세요. 그런데 언젠가부터 아빠 표정이 좀 어둡고 말수도 적어지셨어요. 우리랑 장난도 덜 치시고, 엄마랑 얘기도 잘 안 하세요. 하지만 두 분이 다투신 건 아닌 것 같아요. 오늘은 아래층 아저씨 얘기를 해 드리고 싶었는데 일찍 잠자리에 드셨어요. 힘내시라고 안마

이시씨의 훔친 그림

도 해드리고 싶었는데……. 그리고 부탁드릴 일도 있었는데 말이죠.

무슨 부탁이냐고요? 한 달 전쯤 아빠에게 멋진 외투가 하나 생겼어요. 이런 가을 날씨에 잘 어울리는 바람막이 점퍼예요. 얼마 전 회사에서 직원들에게 단체로 외투를 하나씩 선물로 줬는데 제가 평소에 입고 싶었던 스포츠 브랜드 제품이에요! 아빠는 하늘색 회사 근무복을 입고 출근하시니 내가 하루 정도 입고 가도 되지 않을까 해서요.

오늘도 살짝 입어봤는데 조금 큰 듯하지만 제법 잘 맞았어요. 그걸 다음 주 가을 소풍 때 입어도 되는지 여쭈어보려고 했어요. 다른 친구들도 소풍 갈 때 입을 옷을 준비하고 있어요. 엄마의 첫 월급은 조금 더 기다려야 하니, 제겐 그 외투가 딱이죠. 아빠가 주말에 두어 번 입으셨을까? 새것이나 마찬가지예요. 엄마께 내일 아침에 아빠 허락을 받아달라고 부탁드렸어요. 엄마는 옷이 커서 안 된다고 하셨지만, 아빠는 아마 허락해 주실 거예요. 아빠는 언제나 내 편이니까요.

다음 날 아침에 눈을 뜨니 고소한 기름 냄새가 풍겨왔어요. 엄마가 토스트를 굽고 계신 것 같아요. 아빠는 벌써 출근하셨고, 저는 얼른 달려가서 외투는 어떻게 되었냐고 엄마를 재촉했어요.

"어휴, 너희 아빠야 아주 흔쾌히 그러라고 하시지. 하지만 엄마가 보기엔 좀 크던걸!"

"야호! 제가 보기엔 딱 맞아요. 좀 크게 입는 게 유행이라 상관없어요. 에이! 엄마는 뭘 몰라요, 정말."

내가 기뻐하는 걸 보고 엄마는 미소를 지으셨어요. 빨리 내일이 왔으면 좋겠어요. 물론 엄마 월급날도요.

달콤 씁쓸한 소풍

엄마는 아침 일찍부터 햄, 맛살, 단무지, 시금치, 달걀, 우엉조림 등을 넣고 정성껏 김밥을 싸주셨어요. 쌍둥이들이랑 저는 아침부터 김밥을 배가 터지도록 먹었어요. 그리고 물과 음료수, 과자를 챙긴 후 드디어 아빠의 검은색 외투를 조심스레 입었어요. 외투 왼쪽 가슴 쪽에 새겨진 브랜드 마크를 보니 뿌듯해졌어요. 거울을 보면서 오른쪽 주먹으로 왼쪽 가슴을 툭툭 쳤어요.

엄마는 옷소매를 걷어주시며 말씀하셨어요.

"선생님 말씀 잘 듣고, 길 잃지 않도록 조심하고, 김밥은 물이랑 함께 꼭꼭 씹어 먹고 체하지 않도록 해야 해."

"엄마, 제가 어린애인가요? 아빠랑 옷도 같이 입을 정도로 다 컸습니다요!"

엄마는 만 원짜리 한 장을 주시며 잃어버리지 않도록 조심하라고 하셨어요. 나는 용돈을 바지 주머니에 대충 찔러 넣었다가 외투의 속주머니로 옮겨 넣고 지퍼를 잘 잠갔어요.

"다녀오겠습니다."

쌍둥이들은 나를 보고 엄지척을 해주었어요. 나는 현관문을 닫고 걷었던 옷소매를 다시 내리면서 중얼거렸어요.
'크게 입는 게 유행이라고 했잖아요, 엄마!'

학교에 도착하니 학교 입구에 큰 버스 세 대가 와있었어요. 친구들은 새 옷을 자랑하고, 과자를 먹고, 웃고 떠들어댔어요. 오늘 우리나라에서 제일 큰 놀이동산에 놀러 갈 예정이라 모두들 신이 났거든요.

"우와! 너 멋지다. 새 옷이네!"

아빠의 외투를 입은 나를 보며 친구들이 한껏 추켜세우자 나는 어깨가 으쓱해졌어요.

그때 6학년 형들 무리가 우리를 지나치며 하는 말이 들렸어요.

"야, 저 옷 우리 아빠 거랑 똑같다! 회사에서 나온 건데……."

나는 친구들이 들을까 봐 가슴을 졸이며 뒤쪽으로 물러섰어요. 기분이 쭉 올라갔다가 쭉 내려갔어요. 벌써 롤러코스터를 탄 것 같았어요. 나는 엄마의 월급날이 빨리 왔으면 좋겠다고 생각하면서 시무룩한 얼굴로 버스에 올랐어요.

놀이동산에 도착하자 흥분된 나머지 외투에 대한 생각은 까맣게 잊었어요. 또 그 큰 놀이동산을 누비다 보니 너무 더워져서 외투를 벗어 허리에 묶었거든요. 산을 몇 개나 깎아서 만든 건지 엄청나게 넓었어요. 놀이 기구도 종류가 정말 다양했어요. 친구들과 텔레비전에서만 보던 바이킹을 세 번이나 타고, 놀이동산에서 제일 무섭다는 열차도 한 시간 반을 기다려서 탔어요. 화려하게 차려입은 무용수들의 퍼레이드도 정말 멋졌고, 무엇보다 사파리 투어가 절정이었죠. 동물을 좋아하는 쌍둥이들이 떠올라서 다음에 우리 가족 모두가 함께 왔으면 좋겠다고 생각했어요.

현장 체험을 마치고 버스에 오르니 갑자기 피곤이 밀려왔어요. 시간은 다섯 시를 향해 가고 있었어요. 출발할 때 엄청나게 떠들어 대던 친구들도 대부분 곯아떨어졌어요. 버스 안은 조용했고 간간이 코 고는 소리와 버스의 엔진 소리만 들려왔어요.

창밖에는 아름다운 노을이 펼쳐졌어요. 노을은 단풍보다 더 고운 주황과 핑크빛이었어요. 곧 어둠이 내리자 멀리 보이는 빌딩에는 불이 켜졌고, 강물에 비친 불빛들이 일렁이며 반짝였어요. 도로에 줄지어 선 자동차의 헤드라이트와 빨간 브레이크등은 크리스마스트리를 떠올리게 했어요.

‘아! 예쁘다. 엄마가 보면 참 좋아하실 텐데……. 이제 깜
깜해져서 외투도 잘 보이지 않을 거야. 다행이다.’

엄마를 생각하니 엄마가 주신 비상금이 잘 있는지 궁금해

졌어요. 나는 외투 안주머니 지퍼를 열고 손으로 더듬어 보았어요. 그런데 지폐가 분명 한 장일 텐데 두 장이 만져졌어요. 하나를 넣으면 두 배로 늘어나는 요술 주머니를 떠올리며 말도 안 되는 기대감으로 지폐를 꺼내보았어요. 희미한 오렌지빛 실내등 아래 지폐 한 장과, 구깃구깃한 하얀 종이 한 장이 보였어요. 나는 지폐를 다시 주머니에 넣고 하얀 종이를 펼쳐 보았어요.

　＜인사발령＞
　다음과 같이 명예퇴직을 발령합니다.
　김○○, 이○○, 권○○, 강○○……
　(○○○○년 ○○월 ○○일) 이상. 끝.

　명예퇴직이 무엇인지 정확히는 모르지만, '회사를 더 이상 다닐 수 없다.'는 뜻이란 건 TV 드라마에서 보아 알고 있었어요. 그 종이에는 우리 아빠 이름도 적혀 있었어요. 몇 번을 보아도 아빠 이름이 적혀 있었어요. 나는 하얀 종이를 원래대로 접어 외투 안주머니에 잘 넣었어요. 그러고는 의자에 머리를 기대고 가만히 눈을 감았어요.

조용한 위로

나는 집으로 돌아와 외투를 옷걸이에 잘 걸어 두었어요. 외투는 아침에 보았던 것과 달리 조금도 멋지지 않았어요. 나는 괜히 외투를 한번 노려보고 아빠 방을 나왔어요.

아빠는 아직 돌아오시지 않았어요. 차라리 다행이라고 생각했어요. 아빠를 보면 어떤 표정을 지어야 할지 알 수 없었거든요. 나는 일찍 씻고 침대에 누웠지만 잠이 오지 않았어요. 창밖에 비행기가 지나가는 게 보였어요. 나는 비행기 불빛이 보이지 않을 때까지 바라보았어요. 그리고 일곱 대의 비행기를 더 배웅했지요.

다음 날 아침에도 고소한 토스트와 달걀 프라이 냄새가 풍

겨왔지만 일어나기 싫었어요.

"지각하겠다. 설마 아직도 자는 거니? 피곤하긴 한가 보네……."

엄마가 와서 깨웠어요.

"아빠는요?"

"얘가 새삼스럽기는, 벌써 출근하셨지. 어서 일어나렴."

이제 날씨도 꽤 추워졌는데 아빠는 일찍부터 어딜 가신 걸까요? 근무복을 입고서 말이에요……. 나는 요즘 부쩍 조용해지신 아빠를 떠올리며 밀려드는 슬픔과 불안을 막아내느라 안간힘을 썼어요. 엄마 앞에서 눈물을 보이면 안 되니까요. 아직은 아빠의 비밀을 지켜드려야 할 것 같았어요. 그리고 엄마까지 이 사실을 아시게 된다면, 왠지 우리 집이 커다란 먹구름 속에 잠겨버릴 것 같아 겁이 났어요.

학교를 마치고 7층에서 내려 초인종을 눌렀어요. 아저씨가 계시길 바라면서요. 한참을 기다려도 아무 소리도 나지 않았어요. 초인종을 연이어 세 번을 더 눌렀어요. 그리고 두 번을 더 누르고 현관문 앞에 주저앉았어요. 가고 싶은 곳이 없었어요. 갈 곳도 없었고요. 아니 마음 둘 곳이 없었어요. 어른들은 이런 걸 고뇌에 찼다고 하는 걸까요?

한 시간쯤 앉아 있었을까요? 엘리베이터 문이 열리더니 아저씨가 나타나셨어요. 주저앉은 나를 보고 아저씨는 눈을 찡긋하시더니, 특유의 표정 없는 얼굴로 문을 열게 비키라고 눈짓을 하셨어요. 나는 겨우 일어나 문 한편으로 비켜섰어요. 그리고는 아저씨를 따라 들어갔어요.

"앉게나 친구. 공부가 하고 싶어서 왔나? 돈키호테를 돌려주러 왔나? 내가 보고 싶어서 왔나? 하하하."

"……."

아저씨는 힘없는 나를 가만히 보시다가 향초를 켜고, 음악을 틀었어요. 그러고는 마치 이 집에 혼자 있기라도 한 것처럼 말없이 나를 내버려 둔 채 화초에 물을 주고, 책을 정리하고, 사과를 씻어 깎기 시작했어요.

"친구, 오늘은 실패했어. 에구, 두 동강이 났구먼."

아저씨는 사과 껍질을 들어 보이며 짓궂게 혀를 날름 내밀었어요.

"나는 오늘 직장을 좀 알아보려고 돌아다니다 왔지. 글을 써서 공모전에 몇 군데 냈는데 잘 안되었어. 조금만 더 교육을 받았더라면 내가 참 잘했을 건데 말이야, 하하하. 이거 빈말이 아니란 거 알고 있지, 친구? 일할 곳은 많은데, 갈 수가 있어야지. 그리고 써줘야 말이지. 내가 덩치도 크고 눈도 부리부리한 게 용감하게 생겼잖니? 그런데 우습게도 무서워서 지하철에 설치된 휠체어 리프트를 못 탄단다. 리프트 추락 사고를 목격한 뒤로 리프트만 봐도 겁이 나더라고. 하하하. 핑계가 아니라 그 뒤로도 뉴스에서 그런 사고를 몇 번이나 봤단다. 곧 엘리베이터가 설치된다기에 그날만 기다리고 있는 거지.”

“아, 그래요? 빨리 엘리베이터가 설치되었으면 좋겠어요. 그런데 정말 일할 곳이 많아요?”

나는 건성으로 아저씨를 위로하고는 다급하게 물었어요.

“아, 그럼. 몸 건강하고, 어디든 갈 수 있고, 고등학교까지만 나와도 할 일이 태산이지. 궂은일도 가리지 않는다면 말이야. 나 같은 사람이 문제지.”

“정말이에요?”

내 눈이 반짝이는 걸 보시더니 아저씨는 씩 웃으셨어요.

“저희 아빠는 매일 어디 가시는 걸까요? 명예퇴직이라던데…… 벌써 한 달이 다 되어 가는 것 같아요. 엄마도 모르시는 것 같고요.”

나는 참았던 눈물을 흘리며 말했어요. 쌍둥이들처럼 엉엉 울었어요. 아저씨는 당황하셨지만 이내 침착해지셨어요. 그러고는 미소를 지으며 저를 지그시 바라보셨어요. 내가 울음을 멈출 때까지 말없이 기다려 주셨죠.

"다 울었냐? 하하하. 의젓해서 애늙은이 같더니만 우는 걸 보니 어린애가 맞구먼. 네가 우는 걸 보니까 나는 좋구나. 별거 아니다. 별거 아니야. 아버지는 몇 시에 들어오시냐?"

"빠르면 일곱 시쯤, 늦으면 아홉 시쯤이요."

"음, 그렇구먼. 그래, 그렇구먼. 그렇구먼…… 사과나 먹

자. 친구!"

아저씨와 나는 말없이 사과 두 개를 더 깎아 먹었어요. 둘
다 멍하니 허공을 바라보며 사과를 먹는 데만 열중했어요.
사각사각 소리만 공중에 떠돌았어요. 세 번째 사과는 껍질
끊지 않기에 성공했어요. 우리는 눈을 마주 보고 씽긋 웃었
어요. 아저씨가 짓궂은 얼굴로 말씀하셨어요.

"친구! 울다가 웃으면 어떻게 되는지 알지?"

아빠의 포옹

나는 오늘도 잠이 오지 않았어요.

또다시 밤하늘에서 지나가는 비행기를 찾아내 사라질 때까지 하나하나 눈길로 배웅했어요. 오늘따라 아빠는 12시가 다 되어 가는데도 돌아오지 않으셨어요. 엄마께 여쭈어볼 용기가 나지 않았어요.

외롭고 슬펐지만 믿음직한 친구가 나의 슬픔을 알고 있다는 것이 큰 위로가 되었어요. 마치 슬픔의 반을 그 친구가 맡아두기라도 한 것처럼요. 나는 아저씨 앞에서는 울 수 있어서 다행이라고 생각했어요. 안 그랬으면 분명 엄마 앞에서 울었을 테니까요. 엄마가 슬픈 건 싫어요. 엄마는 우리 집의 등불 같아요. 그 등불이 꺼질까 봐 겁이 나요. 갑자기 아저씨가 울다가 웃으면 어떻게 되느냐고 물으시던 게 생각나 피식 웃었어요.

한참을 뒤척거리는데 현관문 열리는 소리가 났어요. 발걸음 소리가 안방 쪽으로 멀어지는 듯하더니 다시 내 방 쪽으로 가까워졌어요. 나는 얼른 이불을 얼굴까지 뒤집어쓰고 눈을 감았어요.

　조용히 방문이 열리고 잠시 침묵이 흘렀어요. 아빠는 조심스레 이불을 걷어내고 내 볼에 얼굴을 맞댄 채 가만히 있었어요. 아빠의 숨이 코와 입술에 와닿았어요. 아빠는 다시 이불을 덮어주고 조용히 나가셨어요. 아빠에게서는 술 냄새와 아저씨 댁의 향초 냄새가 났어요. 나는 곧 잠이 들었어요.

초대

아빠는 신기하게도 점점 예전의 활기를 되찾으셨어요. 그리고 열심히 직장을 구하고 계세요. 한 번은 엄마가 아빠를 안아주시는 걸 봤어요. 엄마도 아빠를 응원하고 계신 거예요.

아빠와 엄마는 아저씨가 나에게 공부를 가르쳐 주시고, 동생들이 뛰어도 이해해 주시는 마음이 감사하다면서 아저씨를 저녁 식사에 초대하셨어요. 물론 다른 이유도 있겠지요. 나는 알고 있어요. 하하. 엄마는 누군가를 식사에 초대하는 게 너무 오랜만이라면서 며칠 전부터 바짝 신경을 쓰고 계셨어요.

"여보, 휠체어 쓰시는 분과 식사하는 건 처음이어서 인터넷으로 검색을 좀 해봤어요. 그런데 고려해야 할 게 너무 많네요. 우선 식당이 휠체어로 갈 수 있는 거리이어야 하고, 계단이 있다면 엘리베이터가 있어야 하고요, 식당 입구에 경사로가 있거나 턱이 없어야 해요. 그리고 휠체어가 들어갈 수 있는 화장실이 있어야 하고, 입식 식탁이 있어야 하고, 식탁 높이는 휠체어에 적당히 맞아야 해요. 무엇보다 가장 중요한 것은 이 모든 것을 갖추고 맛도 있어야 한다는 거예요. 아, 정말…… 이런 식당은 우리 동네에는 없어요."

엄마는 속사포 랩을 하듯 숨도 안 쉬고 실망스러운 표정으로 아빠에게 말씀하셨어요.

"그것참, 그런 생각까지는 못 했는데 외식 한번 하기가 이렇게 힘들 줄이야……. 그럼, 이 동네를 벗어나서 다른 곳으로 가면 어떨까?"

"그것도 이미 알아봤죠. 자가용이 없으니, 대중교통으로 움직여야 할 테죠. 우리 동네 전철역에는 아직 엘리베이터가 없어서 아저씨는 전철을 타실 수 없어요. 첫째 아이 말로는 그분이 사정이 있어서 휠체어 리프트는 타실 수 없대요. 버스로 가자니 저상버스가 자주 다니지 않을뿐더러 다 같이 버스로 이동하는 것도 너무 번거로워요."

엄마 말씀을 들으니, 아저씨의 생활이 너무 불편할 것 같아 마음이 아팠어요. 그 와중에도 저는 저상버스가 뭔지 궁금해서 엄마께 여쭈어보았죠.

"아, 그건 휠체어가 쉽게 오르내릴 수 있게 만든 계단 없는 버스인데, 바닥이 낮고 출입구에 경사판이 설치되어 있어."

"그나저나 어쩌나? 이것 참, 난감하군."

아빠는 한숨을 쉬며 말씀하셨어요.

"아저씨 집에서는 아저씨가 전혀 장애인 같지 않은데……. 뭐든 익숙하게 잘하시니까요. 그런데 집 밖에서는 너무 힘드시겠어요. 제가 어른이 되면 아저씨 같은 분들이 편리하게 이용할 수 있는 건물이랑 버스를 많이 만들 거예요."

"정말 멋진 생각인걸! 만일 그렇게 되면 장애인만 좋은 게 아닐 거야. 노인이나 아이들, 유모차 끄는 사람들도 모두 편리해질 거야. 아저씨가 집 근처만 맴돌며 살아오셨을 생각을 하니 마음이 아프구나."

결국 고민 끝에 엄마는 최후의 수단으로 우리 집으로 아저씨를 초대하기로 하셨어요.

그 후 엄마는 집에서의 식사를 준비하시느라 분주하게 움직이셨어요. 휠체어가 우리 거실에 들어와야 해서 현관에 쌓여있던 잡동사니들을 정리하고 치우셨지요. 아빠는 무엇보다 현관과 마루 사이의 턱을 없애는 일에 집중하셨어요. 목수 아저씨께 부탁해서 나무로 작은 경사로를 만드셨지요. 물론 아빠가 휠체어가 턱을 넘을 수 있도록 도움을 드릴 수도 있었지만, 초대받은 손님이 사소한 일이라도 도움을 받아야 하는 상황이 생기면 부담이 될 수도 있다고 하셨어요. 그리고 앞으로 자주 놀러 오실 테니까 기왕이면 만들어 두는 게 좋겠다고 하셨죠. 저는 그 생각에 엄지척 두 개를 드렸어요.

그리고 휠체어가 잘 굴러갈 수 있도록 거실과 주방에 깔아 놓은 소음방지 매트도 치우셨어요. 엄마는 식탁 위를 차지하고 있던 밥통과 전자레인지를 치워 어른들의 식사 공간을 마련했어요. 쌍둥이와 저는 상에서 먹기로 했고요.

나는 내 방에 있는 깜빡이 전구를 가져다가 식탁 옆쪽 벽에 물결 모양으로 붙였어요. 그러고는 주방의 조명을 하나 껐죠. 반짝반짝 전구가 빛나자 역시나 엄마는 분위기 있는 레스토랑이 되었다며 신나 하셨어요.

아빠는 아저씨가 한동안 회를 드실 기회가 없으셨을 거라며 멀리 수산물 시장에 가서서 회를 떠 오셨고, 엄마는 잡채와 갈비 그리고 매운탕을 준비하셨어요. 이제 아저씨만 오시면 돼요.

드디어 아저씨가 오셨어요. 아저씨는 평소의 트레이닝복 차림이 아니었어요. 하얀 남방에 줄무늬 니트를 말쑥하게 입으셨어요. 수염은 가지런히 손질되어 있었고, 아무렇게나 설렁설렁 묶었던 머리는 단정하게 빗어넘기고 오셨어요. 아저씨도 이런 식사에 초대받은 게 오랜만이어서 긴장하신 게 아닐까요? 나는 긴장한 아저씨를 위해 들뜬 마음을 가라앉히고 평소처럼 침착하게 인사를 했어요. 아저씨가 나를 조용히 배려해 주었듯이요.

"안녕하세요? 잘 있었나? 친구."

아저씨는 경사로를 안전하게 넘고 휠체어를 부드럽게 굴러 식탁에 다가오셨어요. 생각지 못했던 경사로를 보고 기뻐하시는 눈치였어요. 아저씨는 저에게 한쪽 눈을 찡긋하셨어요. 엄마와 아빠도 아저씨가 불편 없이 자리 잡으시는 걸 보고 조용히 안도의 숨을 내쉬셨어요. 몇 마디 인사가 오가고 나니, 어색함은 눈 녹듯 사라졌어요. 주방에서는 크리스마스 등이 깜빡이고 있었고 벽에 비친 커다란 그림자들의 움직임은 북적임을 더해주었어요. 우리는 모두 함께 맛있는 식사를 하고 즐겁게 이야기하며 깔깔거렸어요. 특히 아저씨는 까치 가족 시절의 이야기를 듣고는 위층과 아래층 모두의 고충을 이해한다고 하셨어요.

"제가 여기 이사 오기 전에 기찻길 옆 오막살이에 살았습니다. 웬만한 소음에는 단련이 되어 있으니 천만다행이지 뭡니까? 하하하"

이렇게 말씀하시며 쌍둥이들을 짓궂게 쳐다보셨어요. 쌍둥이들은 눈치도 없이 기찻길 옆 오막살이 노래를 부르기 시작했어요. 엄마랑 아빠는 민망한 표정으로 감사하다고 하셨지요. 아저씨는 과일과 따뜻한 차까지 드시고 거의 자정이 다 되어 집으로 돌아가셨어요.

우리의 친구에 대하여

"여보, 이사 오신 첫날은 표정도 없고 좀 무서웠는데 좋으신 분 같아요."

"처음엔 저도 그랬어요. 그런데 지금은 좋은 친구죠. 처음엔 꿩 대신 닭이었지만요. 큭큭"

나는 갑자기 아저씨께 죄송한 마음이 들어 웃음에 겨우 브레이크를 걸었어요.

"응, 처음 만나는 사람을 대하는 건 아직도 영 어색하시대. 그래서 그랬을 거야"

"우리 첫째가 너무 재미있게 배우고, 성적도 제법 오르는 걸 보면 선생님 하셨으면 참 좋으셨을 텐데……."

"그러게 말이야. 공부를 더 많이 하실 수 있으셨다면 좋았을 거야. 그나저나 건강하던 사람이 갑작스레 장애를 갖게 되었으니 얼마나 힘드셨을까?"

"며칠 전 뉴스를 보니 태어날 때부터 장애를 가진 경우보다 사고나 병으로 장애를 갖게 되는 경우가 훨씬 많대요. 너희들도 찻길 건널 때 꼭 신호 지키고 조심해야 한다."

"네, 엄마. 빨간색은 빨리빨리 가라고 빨간색, 초록색은 초를 다투어 빨리 가라고 초록색! 맞죠?"

"어이구, 이 녀석이 장난은……. 엄마 말 명심해야 해."

"알아요, 엄마. 죄송해요. 명심할게요!"

아빠는 미소를 띤 채 나를 힐끗 노려보며 말씀하셨어요.

"그래야지. 그분 어린 시절에는 지금보다 장애에 대한 인식이 훨씬 더 안 좋았던 때라 마음을 다치는 일도 많았을 거야. 물론, 지금도 그렇긴 하지만. 사고라도 나면 누구나 장애를 갖게 될 수 있는데 보통은 자신과 상관없는 일로 생각하잖아. 사실 나도 그랬었고……. 만약에 그분이 이동도 자유롭고, 교육 환경도 좋고, 차별도 없었다면 뭘 하셨을까?"

"아저씨는 소설가가 되셨을 거예요. 소설 쓰는 게 정말 재미있으시대요."

"그렇구나. 그나저나 당신이 실직했을 때 위로해 주신 일은 정말로 감사했어요."

"응, 얼굴도 모르는 내가 몇 시에 올지도 모르는데, 무작정 현관문 앞에서 기다리셨지. 그분 댁으로 가서 그냥 조용조용 이야기를 나누었어. 첫째 녀석이랑 친구 된 이야기, 내 외투를 입고 갔던 소풍 이야기, 동생들 데리러 가는 첫째 뒷모습 이야기, 자신이 살아온 이야기, 소설가의 꿈을 키우신다는 이야기, 돈키호테를 좋아하신다는 이야기……. 그러는 동안 이

상하게도 슬프던 마음에 안개가 걷히는 기분이었어. 내가 너무 실직의 슬픔에만 빠져 있더라고. 나보다 더 힘든 환경에서도 꿈에 도전하며 열심히 살아가시는 모습에서 희망, 열정 같은 걸 찾은 것 같아. 또 나한테는 소중한 아이들, 그리고 당신이 있다는 것도 문득 깨우쳐 주신 거 같고……."

"네, 몇 번이고 감사해요. 그 어른도 직장이 얼른 구해지면 좋겠어요."

"응, 곧 우리 동네 전철역에 엘리베이터가 설치된다니까 이동이 좀 편해지면 일 구하기가 훨씬 수월해질 거라고 기대하고 계시더라고."

"첫째 통해서 반찬이라도 좀 자주 보내야겠어요. 잘 챙겨 드셔야 할 텐데……."

"엄마! 맛있는 걸로 부탁드려요, 저도 아저씨 댁에서 종종 밥을 먹거든요. 하하"

"어이구, 이 녀석! 오늘 기분이 하늘을 찌르는구나. 개구쟁이 같은 걸 보니!"

맞아요. 나는 오늘 우리 가족 모두가 아저씨와 친구가 되어서 기뻤어요. 음식도 맛있었고요. 나는 어서 내 친구 아저씨가 살기 좋은 환경이 되길 기도했어요. 그리고 아저씨의 꿈이 이루어지길 빌었지요.

아저씨의 출근길

이제 12월이에요. 첫눈이 내렸고 곧 크리스마스를 앞두고 있어요. 요새 쌍둥이들은 '하' 하고 입김을 불어 뽀얘진 창문에 글씨를 쓰며 놀아요. 한글을 깨치고 책을 읽기 시작하면서 뛰는 것도 좀 덜해졌어요.

드디어 아저씨께 좋은 일이 생겼어요. 직장을 구하셨대요. 물론 아빠도 새 직장에 잘 적응하고 계시고요. 아저씨는 드디어 동네 전철역에 엘리베이터가 설치되어 먼 곳까지 직장을 알아볼 수 있게 되자 생각보다 쉽게 직장을 구하셨어요. 전철 타고 세 정거장, 다리미를 만드는 공장이래요. 나는 아저씨에게 소설가나 선생님이 가장 잘 어울린다고 생각했지만 그래도 아저씨가 기뻐하시니까 나도 기뻐요. 우리는 축하

파티를 해야겠다고, 아저씨를 한 번 더 초대하자고 했어요. 그리고 엄마는 휠체어를 구르실 때 필요하실 거라고 따뜻한 가죽 장갑을 선물하셨어요.

월요일 아침, 학교 가는 길에 첫 출근길에 나선 아저씨를 만났어요. 아저씨는 우리 집 첫 방문 때 입으셨던 셔츠와 니트, 그리고 단정한 외투를 입고 계셨어요. 저를 보고 손을 번쩍 들어 반갑게 인사하셨어요. 활기찬 표정이 정말 보기 좋았어요. 우리는 서로에게 행운을 빌어주었지요.

그러고는 엿새 후 일요일에 아저씨께 빌린 책을 돌려드릴 때야 다시 만났죠. 아저씨는 무척 피곤해 보이셨어요. 아저씨께 일이 많이 힘드셨느냐고 여쭈어보니 이제 다른 곳으로 출근하실 거라지 뭐예요?

"아니, 일주일밖에 안 되었는데 벌써요?"

"일은 그럭저럭 할 만한데 출근길이 영 힘들구나."

우리가 아침에 일주일간 만나지 못했던 건 아저씨가 제시간에 출근하기 위해 한두 시간이나 일찍 출발하셨기 때문이래요. 아저씨는 첫날부터 지각을 했고, 그러고도 세 번을 더 지각하셨대요. 그래서 잘린 거냐고요? 아니요, 스스로 그만두신 거래요. 끈기가 없다고요? 아저씨 얘기 좀 들어보세요.

"첫날은 너랑 헤어져 전철역으로 가고 있었는데, 전날부터 보도블록 교체공사를 시작했지 뭐냐. 보도블록이며 경사로가 엉망이니 갈 수가 있어야지. 도로로 휠체어를 몰다가 아찔해서 안 되겠더라고. 다른 길로 돌고 돌아 30분을 넘게 헤매는데 거기는 또 보도블록에 경사로가 없더라고. 결국 지나가는 사람의 도움을 받았단다. 출근 시간이라 모두 바쁠 때인데 어찌나 미안하던지……. 거절당하는 일이 익숙해질 만도 한데 여전히 마음이 안 좋더구나. 그렇게 첫날부터 지각 행진이 시작되었단다."

풀 죽은 아저씨의 목소리에 나도 기운이 쭉 빠졌어요.

"둘째 날은 만일을 대비해서 한 시간 반 일찍 집을 나섰단다. 보도블록 교체 공사가 끝나서 전철역까지는 잘 도착했지. 그런데 전철역에서 장애인들이 시위를 하고 있더구나. 장애인들이 자유롭게 어디든 갈 수 있도록 특별한 택시나 버스를 운영해 달라는 내용이었지. 휠체어를 탄 사람들 수십 명이 한꺼번에 전철을 타고 내리는 방식이었어. 충분히 이해되는 일이었지. 오죽 답답하면 욕을 먹으면서 그러고 있겠니? 하지만 시위 때문에 전철 운행이 중단되었다는 걸 알고는 너무나 당황스러웠지. 어쩌냐? 부랴부랴 버스 타러 갔지. 그런데 혹시 저상버스라고 아니? 휠체어나 유모차가 타고 내릴 수 있도록 계단 없이 만들어진 버스란다. 그런데 저상버스는 많지 않아. 한참을 기다리니 저상버스가 오긴 했지만, 운전기사는 불친절하고, 빨리 타라고 재촉하는 사람들 탓에 정신이 하나도 없었지. 휠체어가 버스에 오르는 게 신기한지 대놓고 구경하는 사람들 때문에 얼굴이 화끈거리더구나. 우습지? 하하. 아침부터 땀으로 샤워를 했단다. 물론 지각도 했지. 휴……."

언제나 침착하신 아저씨가 허둥대며 버스에 오르는 모습을 상상하니 마음이 아팠어요.

"셋째 날도 한 시간 반을 일찍 나왔지. 전철역에 전화해서 시위가 없다는 걸 확인도 했고. 그런데도 또 문제가 생겼다. 이번엔 설치된 지 얼마 되지도 않은 엘리베이터가 작동 이상으로 점검 중이라 하더구나. 그날은 정말이지 계단이 산처럼 높아 보이더라. 어쩌겠니? 또다시 버스를 타야 했지. 정말 싫었지만, 별수가 있어야지. 그러느라 지각을 했단다. 땀 샤워는 당연지사였고. 하하하."

아저씨는 일그러진 내 표정을 보고 애써 웃으셨지만, 나는 웃음이 나지 않았어요.

"넷째 날은 폭설이 칼바람을 타고 얼굴로 내리꽂히는데 도저히 휠체어로 움직일 엄두가 나지 않았어. 부랴부랴 콜택시를 불렀는데 택시 기사가 휠체어와 나를 번갈아 보더니 두 대나 그냥 가버렸지. 큰 기대는 안 했단다. 그 추위와 눈보라 속에서 휠체어를 트렁크에 싣고 내리는 건 성가신 일이니까. 게다가 나를 택시 안에 앉히는 일도 막막했겠지. 그래도 다른 방법이 없으니 택시에 기대를 걸어야 했었단다. 결국은 눈이 잦아들고 친절한 택시 기사를 만날 때까지 기다리다가 또 지각했지. 그러다 보니 며칠 새에 지각 대장이 되어있더구나. 하하하. 하지만 이게 지각의 끝이었다."

나는 '지각의 끝'이란 말에 기뻐서 물었어요.

"그럼, 다음 날은 잘 가신 거죠?"

"그렇지. 하하하. 다섯째 날에 드디어 겨우 지각을 면했다. 세 시간 일찍 출발했지. 전철 세 정거장이 휠체어로 가려니 어찌나 멀던지. 경사로가 없으면 돌고 돌고 또 돌았지. 지나가는 사람들에게 수없이 도움을 청하며 갔다. 그날은 정말 땀으로 흥건하게 샤워를 했단다. 아니 사우나를 했지. 나사를 조일 힘도 없더구나."

아저씨 이야기를 들으니, 잠시나마 기쁨으로 부풀었던 내 마음이 풍선에 바람 빠지듯 금세 가라앉아 버렸어요.

아저씨는 잠시 숨을 돌리고 이야기를 이어가셨어요.

"여섯째 날, 그러니까 토요일이구나. 그날도 전날처럼 세 시간 일찍 나와 휠체어를 굴려 제시간에 도착했다. 그러고는 땀에 젖은 사직서를 냈지. 사식서에서 땀 냄새 좀 났을 거다. 하하하. 엿새 동안의 출근은 이렇게 끝났단다."

아저씨는 그 일주일을 기억하는 것만으로도 다시 숨이 차오르는 듯했어요. 나는 말없이 아저씨께 돈키호테를 돌려드렸어요.

"다 읽었어요. 감사해요."

"하하, 역시 내 친구가 맞군! 어제부터 이걸 다시 읽고 싶었다오, 친구!"

아저씨는 다음 날부터 다른 곳으로 출근하신다고 하셨어요. 돈을 주는 곳은 아니래요. 장애인들이 권리를 주장하기 위해 회의하고 준비하는 곳이래요. 아, 둘째 날 전철에서 시위했던 분들이 모여있는 사무실이랬어요. 나는 아저씨가 안쓰러워서 무슨 말을 해야 할지 몰라 우물쭈물했어요. 아저씨는 제 마음을 아시는지 웃으면서 말씀하셨어요.

"걱정 마, 꼬마 친구! 일단 출근을 해야 일을 하지. 출근길부터 트면 된다네!"

나는 마음속으로 진심을 다해 아저씨의 행운을 빌었어요. 그러고는 그냥 한번 꼭 안아드렸어요. 커다란 아저씨 어깨를 토닥이면서요.

며칠 후 우연히 전철역에서 시위하는 장애인 무리 속에서 아저씨를 보았어요. 사람들이 바쁘다고 소리치고, 화내고, 욕하고, 밀치고, 아우성이었어요. 그런데 아저씨 얼굴은 그때 그 일요일보다 훨씬 밝아 보였어요. 문득 돈키호테가 떠올랐어요. 나는 다시 한번 마음을 다해 행운을 빌었어요. 그러자 아저씨를 안아드렸을 때처럼 가슴이 따뜻해졌어요.

진정한 친구

　나는 거의 매일 아저씨 댁에 갔어요. 평일 저녁에는 공부를 했고, 주말에는 아저씨와 함께 놀았어요. 아저씨와 사과를 먹고 음악을 듣고 책을 읽었어요. 아저씨는 화초를 가꾸시거나 소설을 쓰셨고, 장애인들의 권리를 위한 칼럼을 써서 SNS에 올리셨어요. 나는 공부를 하거나 미래에 만들고 싶은 건물을 머릿속에 그려보거나, 이것저것 공상을 하고, 그냥 소파에서 뒹굴뒹굴하기도 했어요.

　아저씨가 시위 도중에 다치셨을 때는 간호를 해 드렸고, 아저씨가 자란 보육원과 어릴 적 다니셨다는 도서관에 함께 다녀오기도 했죠. 물론 오고 가는 그 길은 아저씨의 출근길만큼이나 험난했지요. 그렇지만 아저씨는 친구가 있어 든든하

다고 하셨어요. 그건 저도 마찬가지였었죠.

앞으로 언젠가는 아저씨의 소설 공모전 당선 소식과 나의 건축학과 합격 소식을 함께 들을 날이 오지 않을까요? 또 우리나라 모든 전철 역사에 엘리베이터가 설치될 날과 아저씨의 첫 소설책이 출간되는 날도 오겠죠? 그날은 제 인생에서 가장 멋진 날이 될 거예요.

한때 우리는 각자의 자리에서 각자의 삶을 살았어요. 하지만 이제 우리는 함께 시간을 보내고 서로를 응원하며, 기쁨과 슬픔을 나누는 사이가 되었어요. 우리는 친구가 되었고, 지금도 친구이며, 앞으로도 그럴 거예요.

'꿩 대신 닭'이 아닌, '진정한 친구' 말이에요!

작가의 말

여러분! 안녕하세요?

재미있게 읽으셨나요? 장애와 관련하여 몰랐던 사실도 알게 되셨다고요? 와, 때론 생각에 잠기기도 하셨고요?

아! 정말 감사해요.

제가 이 이야기를 어떻게 쓰게 되었는지 그 시작에 대해 말씀드릴게요.

저는 직장에서 장애에 관한 잘못된 인식이나 편견을 개선하는 교육을 담당한 적이 있었어요. 그 과정에서 휠체어에 의지하여 지내시는 척수 장애인 강사님을 알게 되었죠. 건강한 분이었지만 사고로 목 아래로는 아무것도 움직일 수 없게 되셨어요. 그런데도 자신의 한계를 넘어 장애인식 개선 강사로서 그리고 크리에이터로서 열심히 살아가시는 멋진 분이었어요.

　그 강사님께 강의를 부탁드렸는데, 사시는 곳에서 강의 장소까지 너무 멀고, 교통수단이 적합하지 않아서 이동이 어렵다고 하셨어요.

　그때 참 많은 생각이 들었어요. 장애인들은 마음대로 이동하는 당연한 권리조차 보장받지 못하는구나. 이것은 단순히 자유의 문제가 아니었어요. 사랑하는 이들을 만나기 위해, 공부하기 위해, 또는 일하기 위해 이동할 수 없다는 거잖아요. 그렇다면 이것은 행복할 권리, 배움의 권리, 일할 권리, 가정의 생계를 꾸려갈 권리, 나아가 꿈에 다가갈 권리마저 위협받는다는 것이죠.

　그 후 저는 비장애인들이 누려온 당연한 권리들이 장애인들에게는, 길고도 험난한 진통을 통해 얻어지는 것임을 실감하게 되었어요. 때로는 고통스런 대립과 싸움을 통해서 말이죠. 그러면서 자연스레 장애인들의 목소리에 귀를 기울이게 되었답니다.

우리는 장애인 또는 비장애인이기 이전에 모두 소중한 사람이지요. 우리가 모두 사람으로서의 존엄한 권리를 공평하게 누릴 수 있는 환경을 만들어 가고, 서로 이해하고 협력해야 한다고 생각했어요. 여러분들은 어떻게 생각하시나요?

장애로 인한 차별은 이동권뿐 아니라 생활 전반에 스며들어 있어요. 물론 이 책에서는 주로 이동권을 중심으로 이야기가 펼쳐지죠. 장애에 대한 또 다른 차별은 무엇이 있을까요? 그 차별을 없애려면 어떻게 해야 할까요? 어렵고도 복잡한 문제이지만 순수해서 더 밝게 반짝이는 여러분은 쉽게 답을 찾을 수 있을지도 몰라요.

그럼, 장애인과 비장애인 모두가 행복한 세상을 꿈꾸며 이만 줄입니다. 끝까지 읽어주신 여러분 감사해요.
여러분의 사랑과 지혜로 더 아름다워질 세상이 저 앞에서 손짓하는 듯합니다.

2023년 가을의 문턱에서
최 연 우

아저씨의 출근길

ⓒ 최연우 2023

발 행   2023년 10월 06일

지은이   최연우

펴낸이   한건희

펴낸곳   주식회사 부크크

출판등록   2014.07.15.(제2014-16호)

주 소   서울특별시 금천구 가산디지털1로 119 SK트윈타워 A동 305호

전 화   1670-8316

대표메일   info@bookk.co.kr

홈페이지   www.bookk.co.kr

ISBN   979-11-410-4667-5